양은 매일 시작한다

최지온
2019년 『시로 여는 세상』을 통해 시인으로 등단했다.
시집 『양은 매일 시작한다』를 썼다.

파란시선 0107 양은 매일 시작한다

1판 1쇄 펴낸날 2022년 9월 25일
지은이 최지온
디자인 최선영
인쇄인 (주)두경 정지오
펴낸이 채상우
펴낸곳 (주)함께하는출판그룹파란
등록번호 제2015-000068호
등록일자 2015년 9월 15일
주소 (10387) 경기도 고양시 일산서구 중앙로 1455 대우시티프라자 B1 202-1호
전화 031-919-4288
팩스 031-919-4287
모바일팩스 0504-441-3439
이메일 bookparan2015@hanmail.net

ⓒ최지온, 2022, printed in Seoul, Korea

ISBN 979-11-91897-31-9 03810

값 10,000원

양은 매일 시작한다

최지온 시집

시인의 말

돌아온 양 한 마리와

아직 돌아오지 않은 양들을 생각할 뿐

차례

해설

제1부

수국의 시간

지금 그것은 수국 같습니다

흔적도 남지 않았습니다
깊이 스며든 게 눈물인 걸 알았겠습니까

한창 피는 중입니다 뿌리는 은밀해질 테지요
수국은 울지 않았습니다
같은 실루엣으로 하얗다가 파랗다가 빨갛다가

수국이 수국을 죽이고 수국이 수국을 살리는 중입니다
우리는 덩달아 풍성해집니다

수국이 우리를 움직이고
눈멀게 합니다 그 순간만큼은 생각하지 않습니다
무료하지 않습니다 이렇게 끝날 것 같은 기분에 빠집니다

해칠 의도가 있겠습니까
눈물을 좋아할 뿐 더 아름다워지고 싶을 뿐
누군가의 죽음을 원했겠습니까

평화로운 세상 같습니다

보이지 않는 것을 보려고 우리는 다짐 같은 걸 합니다
잠꼬대처럼 반복할 수밖에 없어서

버둥거리는 벌레들과 가늘어 가는 줄기를 붙잡고
지금 수국은 수국 아닌 것과 반목하는 중입니다

함께 살아가는 중입니다

수국은 수국만을 볼 겁니다 나 없이도 가득할 거 같습니다

벗어날 수 있겠습니까 익숙해지고 길들여진 이곳에서
우리는 좀 더 놀라워해야 합니다 답 없는 문제는 잠시
상상에 맡기고

버림받은 것 같은 기분으로
지금 나는 수국이 아름답다고 고백하는 겁니다

얼음의 집

아이는 말없이 손을 들었다

손가락을 길게 뺀 곳으로 집이 생겼다
모양 없는 집을 살짝 흔들었을 때

집집마다 불이 켜지고
천천히 움직이는 사람을 보았다

우리는 움직이지 않았다

불빛 속에 잠길수록 사방은 더 캄캄해지고
누가 먼저랄 것도 없이 발을 굴렀다

발밑이 조금씩 젖고 있는 걸 알았다
우리는 이유를 묻지 않았다
묻지 않는 건 얼마나 오래된 습관일까 생각하다가

아이가 사라져도
아이가 있었다는 걸 모르고

잡아당기려고 애를 썼다
집 밖에서 불빛들이 집을 덮어 가고 있었다
손대면 손대는 대로

무언가 조금씩 흘러내리는 게 있었다
시간이 지날수록 흥건해지고

이곳에서는 모두가 무사할 수 없겠구나

흔적도 없이 사라진 집과
그 집터에서 공을 차는 아이였다

기어이 공을 넣겠다는 듯
그럴 때마다 조금씩 녹아내리는 세계가 있어

그게 집이라면

멀어 보이고 점점 더 멀어지고
춥고 외로운 불빛이어서

아이는 내가 되고 나는 아이가 되고
더 빠르게 녹아내리기 시작했다

버려진 채로

우리는 나란히 흘러가기 시작했다

타로 카드

—

물새공원에는 물새가 없고 수초들만 가득했다

이파리를 늘어뜨려 물을 덮어 가듯
발이 닿지 않는 별자리들 사이로 나를 내던지면

묻고 싶은 말과
듣고 싶은 말이

눈부시게 흔들릴 것 같았다

날마다 발을 담그고 물새를 기다렸다

아무것도 의심하지 말자
그 속으로 뛰어들어 눈꺼풀을 감았다 떴다
솟아오르는 물새의 발톱 같은

보이는 모든 것이
내 몸을 찔러 대고 있었다

—

제일 잘하는 건 기다리는 것

16

무언가에 홀리듯 번져 가며

물새에게로 기울어지고

공원을 정신없이 뛰어다녔다

입에 문 물고기를 망설임 없이 뱉고
그것을 다시 입속에 넣으며 되새김질하듯이

나도 잊고 공원도 잊고

없는 물새가 되어 천천히 공원 속에 스며들었다
가슴 뜨거워지는 곳에서 벗겨진 믿음처럼

소리 없이 나뒹굴었다 대수롭지 않다는 듯

몸속에서 별을 꺼내 날려 보내기 시작했다

사구의 발달

—

　죽을 듯이 살아 내는 사람들이 있어 그렇게 쌓인 얼굴
이 사구라고 믿었다
　발아래 갇혀 있던 모래들이 바람처럼 쏟아질 때

　달라지는 얼굴의 각도들

　그 안에서 푸른 유리 조각처럼
　제 울음을 삼키는

　해란초와 해당화 통보리사초와 순비기나무를 보았다

　뿌리가 깊어서

　어떤 얼굴은 끝내 알 수 없고
　아파 보이지 않으려는 마음에 대해

　이곳에서라면 길을 잃어도 좋겠다 나는 조금씩 죽어 가
지만 이미 죽은 냄새를 맡으면서 죽어 가는 식물에 입을
맞추는 게 사구라면

—

모래의 무게로 쌓인 얼굴은
누군가와 함께 아팠으면 하는 마음

더 바랄 게 없을 때까지
사구는 층층이 쌓여 조금씩 마모될 것이다

힘없이 누운 식물들이 많았다

누군가 내 옷깃을 잡아당겼다

돌아보면서 웃는 얼굴이
터지는 플래시처럼 서늘해지면서

이제 굳어져야 할 시간
마음끼리 팔짱을 끼고 꽤 오래 멈춰 있었다

밤의 대공원

인사도 없이 기약도 없이
자꾸만 태어나는 사람들을 보세요

여기 살면 참 좋겠다
누군가는 웃고 누군가는 뛰어다니고

밤의 연인들이 껴안고 있어요
잔디 위에 앉아
누가 오가는지 관심도 없이

벚꽃이 만발합니다
이런 날에는 두통에 시달리는데
밤은 좀 더 계절적이어야 한다고 생각해요

가장 멀리 올라간 풍선을 잡으려고
한껏 목을 젖히는
불안은 눈물 콧물로도 달랠 수 없는 아이의 얼굴

수북이 쌓인 밤의 꽃잎들을 보세요
벚꽃보다 가슴 뛰게 떨어지는 걸 보지 못했어요

그런 날에는
아무것도 보지 않았으면 좋겠어요

수천 장의 꽃잎들이 날려 가는데 아무 향이 나질 않아요

눈을 감으면
카메라 셔터 소리와 고함 소리

잠시 후의 우리는 우리를 찾지 못할 거라서

순식간에 달아나는 아이들을 붙잡으려 합니다
꽃의 얼굴이라 해도 봄의 표정이라 해도

어림없지 않겠습니까

밤의 레코드점

리듬을 타고 있다
흉골 깊숙이 손을 집어넣는다

비둘기처럼 먹이를 찾는 것도
유령이 되어 비둘기를 쫓는 것도

밤의 뼈는 리듬처럼 반복된다

유령은 비둘기 옆에 곤하게 잠든다는 것

명랑하고 고독한 목소리에 끌려가고
가장 먼 곳에서 달려와 여독을 풀어놓는다

발톱을 챙겨 발을 모으고 최대한 열광적으로
태어나고 죽어 가기 위해 구구구 울어 대는

비둘기와 비둘기 사이의 다정함

비둘기와 유령들로부터 살찌는 법을 배운다

노래를 하고 싶어
우리 실컷 노래를 부릅시다

밤의 진열대를 흔들어 보고 싶다
없는 노래가 없다는데 내 귀에는 없는 노래만 가득하고

비슷한 얼굴로 비둘기를 쫓는 유령처럼
노래에서 빠져나와 다시 노래 속에 빠진다

아침이 올 때까지 시간의 뼈를 고르고
이미 죽어 버린 비둘기처럼 고요해질 때까지

쉬이 끝나지 않는 밤의 리듬을 생각한다

달과 악어

달처럼 전진하고 싶은 꿈이 있습니다

달도 힘겹게 넘어갈 듯한
산 밑에서
악어들이 나란히 잠을 잡니다

순한 적의처럼
악어의 마음도 풀어질 때가 있을 겁니다

낮의 한구석에서 숨죽이다가
밤을 녹이며
달은 잠드는 법이 없습니다

모든 악어가 잠들면 세상은 조용합니다

악어는 언제라도 입을 벌릴 수 있고
달은 잡을 수 없는 곳에 있습니다

발바닥이 화끈거리고
자꾸 미끄러져

다시 뭐라도 짚고 일어서자

악어의 꼬리를 밟고 서서
보이지 않는 데까지 올라가려 합니다

달은 낮의 눈빛으로 악어를 재우고
나는 소리 없이 악어의 잠 속으로 들어갑니다

전력으로 잠들어야 할 게 꿈이라면
지금 나는 어떤 꿈 안에 들어와 있는 겁니까

우리가 오르려는 건 악어들의 시간
그곳에 눈뜬 나무들을 심으려 합니다

그 모든 걸 달은 꼼꼼히 지켜보지 않았겠습니까

폭우가 지나간 자리에서

사과는 성실합니다
포옹하길 좋아합니다 바람의 문신을 새기고
내일에 발목을 담고 싶어 합니다 누구나 그렇습니다

오늘 아침 셀 수 없는 사과가 누더기처럼
바닥에 뒹굴고 있는 것을 보았습니다

사자가 영양을 무는 건 순간의 일
총을 든 소년병의 마음은 확인할 수 없습니다
비극은 일상적이죠
친절한 기억들부터 죽어 갑니다

꼭 쥐고 있는 손은 단호한데
사과는 떨어지는 것에 익숙합니다
의문이 없습니다 사방을 보지 않습니다
세계는 기어코 익어 가는 사과의 손을 뿌리칩니다

하나였다가 둘이었다가
눈을 비비면 어느새 여럿입니다
더 이상 매달릴 수 없는 사람들을 만나 울었습니다

흐르지 않고 눈빛으로 가라앉는 울음들
아직이라는 말을 좋아합니다
사과의 몸에 상처가 깊습니다 깊숙이 오려 내고
둘러앉아 사이좋게 나눠 먹습니다 내일을 준비할 수 있
습니다
그런데 형체 없이 흩어진 건 어쩌죠

우리는 죽음의 방향으로 조금씩 자랍니다
두려움을 삼키느라
간신히 매달린 사과를 생각하지 못합니다

익어 갈수록 밤이 길어지는 세계가 있습니다

판다의 정원

손을 뻗으면 잡힐 것 같았다 나무들이
오래도록 구름에 눌려 있었다

한낮의 정원은
살아 있는 판다와
판다가 아닌 사람들로 붐비고 있었다

단지 내가 본 건
잠들었던 판다가 일어나고 나무를 내려오고
서둘러 어딘가로 떠났다는 것
뒤를 보이며 육중한 몸을 흔들었다는 것

판다의 뒤를 확신할 수 없다면
확신하지 못하는 것도 사실 틀릴 수 있잖아
눈물은 뒤에서 보이지 않아
앞에서도 안 보이지 그렇다고 울지 않는 건 아니잖아

의심이 의심을 비집고 몸으로 들어온다
정원을 걷는다 정원은 흘러가고 있었다

숨을 곳이 필요해 먹고 자고 걷고
이보다 더 정직한 것을 본 적이 없다
서서히 뒤가 길어진다

막장에 갇힌 구름처럼 가라앉고 있었다
뒤는 고목처럼 기울고

판다였다가 판다가 아니었다가 그 무엇도 아닌 것 같았다
걸어간다 정지한 것처럼

죽순은 어제보다 조금 더 자랐고
판다는 점점 작아지고 있었다

낮과 밤보다 넓은 정원에서 길을 잃었다

그림 속의 그림 찾기

초점을 맞출 수 없습니다 한 걸음 더 다가가 봅니다
눈을 깜빡거릴 때마다 미세하게 떨리는 그림들 속으로

눈알이 줄줄이 따라 들어갑니다

그림 속에는 나는 모르고
그림만 알고 있는 그림이 잔뜩 있고

서로 닮아 가는 방식으로 입체적입니다

어떤 것을 봐야 할지
무엇에 빠져들어야 할지

눈알을 빠뜨린 듯 눈을 비워야 할 것 같습니다

눈알이 눈알을 부르고
뒤통수에 닿은 눈알을 향해 눈알을 던지고
지친 듯 아무 데나 눕고
그러다가 일어나 깔깔거리고

서로에게 기대어 뭉개지는 중입니다

천천히 음미하면서
한 걸음 뒤로 물러나는 것도 좋겠지

그런 말은 그림과 어울리지 않아 보입니다

계속 들여다보면
저절로 눈알 위로 눈알이 겹치고
손에 눌릴수록 눈알은 더 멀리 튀어 나갈 것 같고

서서히 손을 떼자

그림이 무섭게 말을 걸었습니다

눈을 풀지 않았습니다 아니 풀지 못했습니다

다만 해변과 양

밤사이 양 한 마리가 죽었고

지금 양 떼들은 차분히 움직이고 있다
건초를 먹는다 고개 드는 법도 없이
울타리 안에서
단단하게 살아가려면

조금 더 멀어질 것이다
울타리는 안팎을 조율할 수 없으니까

몰려드는 양 떼들
해변을 몰라도 좋았을 거야
나타났다가 사라지는 해변 때문에

양은 종일 끝나고
매일 시작한다

망설이는 마음들이 쏟아진다
얼굴을 내밀면
사람들이 해변을 흘리고 있다

양은 다만 양으로서
매일 매일을 지키려 했을 테지만
양 떼들은 무수한 해변을 뿌리치지 못하고

다만이라는 말은 진부해
끝내 해변에 닿을 수 없을 것 같잖아

중얼거리다 혼자 넘어진다
양 떼 속에 누워 날마다 구름을 만든다
구름과 양 떼는 서로를 알아보지 못하고

울타리 아래에 양 떼들이 몰려 있다
해변으로 떠난 구름이 구름인 줄 모르고

처음인 양

—

눈물과 구름의 흔적은 없어요
양과 양 사이 보이는 대로 본다면
어떤 양은 머리를 박고
어떤 양은 입을 벌리고
양들이 몰려 있어요 울타리 아래에

별생각 없이 만졌는데 손을 끌고 들어갑니다
따라가지 않겠다고 다짐했지만
나는 자꾸만 넘어지고
매일 새로운 양이 태어나 데려갑니다

누군가 밀면 밀리는 대로
양과 양 사이
저절로 서로를 밀면서 구름이 되고
구름은 죽어서 처음인 양 낮은 목소리로

혼자 서 있는 사람은 양이 되어야 한다고
먼저 말한 사람은 없고

— 밥알을 곱씹으며 침묵을 뱉어 냅니다

소매를 끌고 머리를 맞대도
울음은 옆구리 속에서 얽히고설킨 듯

매일이 그렇게 중첩된다면
침묵은 목초지를 넓힐 수도 있을 거예요
양은 양을 보면서 달립니다 새로운 곳에 닿으려는 듯

울타리의 안과 밖 사이
머리를 내밀고 침을 흘려도
아무리 멀리 떠나도 마냥 그 자리입니다

구름은 양의 울음으로 만들었어요
울타리도 없이 흘러간 구름은 돌아오지 않아요

따뜻하고 거친 등에 얼굴을 묻고 잠이 듭니다

뿌리염색

하루는 짧고 더 짧아집니다
그렇게 느끼면 정말 짧아집니다

그건 늙어 가는 거래요

뿌리를 뒤적거리며 미용사가 약을 바릅니다

갑작스런 한파입니다
지금은 시월이고

누군가가 계속 문을 열어 놓습니다

나는 자주 아프고 아픈 이유를 몰라 병원을 전전해요
그렇게 말하면 좀 더 조심스러워하는 것 같습니다

잠시 괜찮아요 아무 일도 없는 것 같아요

아픈 거북이는 아프다고 말하지 않습니다
조금씩 먹고 또 먹고 다시 먹고

오랫동안 앓기 위해 조금씩만 아파서
네 탓이 아니란다 그렇게 말해도 거북이는 죽습니다

거북이는 여전히 알을 낳고
그게 꼭 알일 수는 없어도 우리를 떠나지 않습니다

믿고 싶을 때까지 믿는 거북이입니다

나는 다른 생각에 빠져
아무것도 모르는 듯 문만 쳐다봅니다

그사이에 머리카락은 다시 자랍니다

들어오는 바람은 차갑지만
독한 냄새는 맡고 싶지 않아서

한동안 열린 문을 그대로 둡니다

제2부

뜻밖에로 이해되는 것들

소리가 번진다. 꿈결인 듯 흐른다. 불청객 같기도 하고, 아이의 손가락처럼 가느다란, 아니다. 밀려나듯 떨어지듯, 흐른다. 남겨진 것은 없어도 흔적이 있다. 방향이 없어서 투명하다. 기역 자로 누운 몸, 자꾸만 풀어진다. 풀어지는 것에는 목소리가 없다. 떠내려가는 눈동자, 건질 방법이 없다. 창밖의 소리는 자꾸만 불어난다. 몸에 긴 벼랑이 만들어진다. 알고도 모르는 높이, 창문 같은 문장을 쓰고 있을 뿐이라고 생각한다. 지렁이의 입김처럼, 안개의 귓속 말처럼, 몸으로 들어간다. 몸이 아득하게 깊어진다. 너무 먼 길을 가고 있나. 창문은 높이와 깊이 사이에서 논다. 그런 일, 어쩌면 뜻밖에 찾아오는 것은 없을지도 몰라. 피할 수 없을 때, 뜻밖이야, 그러면 안심이 되잖아. 창문에 가만히 입술을 댄다. 소리는 입술에 겹쳐지고 그 안에 무언가 있다는 듯 나가지 않는다. 바닥에 떨어진 머리카락을 줍는다. 바닥은 낮아진다. 바닥 아래 바닥이 만들어진다. 더 아래로 가려면 더 많은 꿈이 필요해. 창밖에서 빗소리가 점점 커진다. 익숙해진 목소리, 이제 그만했으면 해. 마지막 문장은 누가 가져갔으면 좋겠다. 젤리처럼 몸을 구부려 무릎을 끌어안는다. 바닥에 눕는다. 다행이다 뜻밖이어서. 목소리가 창문처럼 흐르고 있었다.

크로키

조금씩 얇아집니다

손가락은 충동에 휩싸이기 좋은 자세를 가졌습니다

빠르게 날아 너의 심장을 찌르겠어
그런 말에도 흔들리지 않습니다

나는 단순해집니다

밤의 불빛은 싱싱하고 아득한 목련입니다
가늠할 수 없는 저 너머에서
뼈마디를 하얗게 드러낸 채로 달려옵니다

목련은 오직 목련에만 관심이 있습니다

온몸에 눈동자를 심어 놓고
확인받고 싶어 합니다

환하게 피어나는 순간에
입을 벌리거나 소리 지르는 사람들을 구경하고

떨어질 때까지 밤의 목을 쥐고 있습니다

손가락처럼

나는 이어져 있습니다

목련은 목련 아닌 것들이 목련이고
목련이 아닐 때 목련을 사랑할 수 있었더라면

목련처럼 앉아서
목련의 손가락에 내 손가락을 걸어 놓고

떨어질 때
거침없이 떨어질 때

그럴 수 있겠습니까 전부를 걸 수 있겠습니까

펭귄과 광장

그마저 없었더라면

이런 가정은 좋다 피가 통할 것 같다

발바닥에 힘을 주고
목을 빳빳이 세우고

광장은 가만히 있어도 늘 북적일 예정이다

적당히 차갑고
적당히 뜨거워져서

펭귄을 떠올리면 발바닥이 근질거린다
피가 흐르면 모두가 일어서니까

광장은 펭귄의 발바닥을 닮아 있다

펭귄은 정작 펭귄을 떠날 수 없어서
무리 지어 체온을 높이고 새끼를 키우지만

어떤 펭귄은 꼭 죽는다 죽게 한다
얼음을 껴안은 채 펭귄은 수척해지고

용서를 빌면서도 밤은 키득거린다

끝까지 남아 있던 한 사람이 찾아온다
그의 배 속에서 펭귄들이 쏟아지고

줄지어 내 배 속으로 들어오기 시작한다

자고 일어나면 떠오르는 게 없어
막막해진다 분명 할 말이 있는 것 같은데

부푼 배가 가라앉지 않는다

여름 팬터마임

누가 먼저 손을 놓는지 궁금했다
손을 놓으면
나무들은 보기에 더 좋았다 무릎을 꿇어도 좋았다

놓을 줄을 알아야
망설이는 여름이 보인다고 했지만

아직 내 안에는
마르지 않는 잎이 매달려 있다

풀어지는 일은 몸이 안다

무릎을 꿇는 것과 말을 아끼는 것
무엇이 더 빠를까

나무는 나무가 아닌 것처럼
공중에 남아 있는 법을 알고 있는 것 같다
이파리들은 이럴 때 흔들린다
흔들린다면 이미 나무는 나무의 이름을 갖는 것이다

그제야 제법 가까워진다
체념할 줄 모르는 여름 때문에

손발이 먼저 움직인다
간절하다는 듯이

무엇이든 해 보려고
내 안의 잎들을 꺼내 놓는다
보이는 나무보다 보이지 않는 나무가 많아서

처음부터 다시 걷기 시작한다
혼자일까 봐
나무를 사람이라고 믿는다

비슷한 풍경이 반복된다 그것만 믿으면
서로를 잃게 될까 봐

여전히 여름을 놓지 못한다

야자수 소년

— 해변과 부두 혹은 노을과 사막
그도 아니라면 모스크

어울릴 수 있는 게 많아요
주상절리는 어떤가요 깎여 나가고 뻗어 간다면

내내 축 늘어져 있는 미래처럼 그대로 말라 버리거나 썩
거나 부러져서
끝내 떨어지고 말 것 같아요

어울린다는 건 몸 안에 야자수를 심는 거예요

습기처럼 진한 열대의 냄새와 튀어나온 성대 같은 굴곡
의 무늬와
조금은 애타고 이상한 기분에 둘러싸여

쉽게 사라질 수 있고
뜨거운 곳에서만 깨어나는 걸까요

— 아무 데서나 아무렇게나 자라나는 새벽에

불안의 탄산수로 목을 축이고
빨대로 의심을 쭉쭉 빨아들이며

어울리지 않아도 상관없어요 모르면 좀 어때요

다트판처럼 목을 내놓고 둥글어질 것인데
마비된 채로도 날아가는 화살이 될 것인데

그럴싸한 새벽에
꺼질 듯 부푸는 미래를 마구 휘저으며

다트 게임을 시작해 볼까요
해를 깎아 만든 화살을 날리며

자꾸만 아래로 뚝뚝 떨어지는

피가 돌기 시작하면 기어이 알아볼 수 없게

인스피리언스족

사라지는 건 혼자 할 수 있어요
그것은 오래된 꿈이거나 꿈과 무관한 일입니다

다만 사라지는 법을 배우기 위해
다육이처럼 앉아서
젓고 또 젓고
손목을 돌리면서 시간을 돌리면서

담담해지는 것입니다

당신은 다육이를 들고 말합니다
물을 주지 않아도 돼
생각날 때 가끔
아주 가끔

다육이는 남고 당신은 사라집니다

나는 말없이 사라지기 위해 무엇을 해야 할지 생각합니다

다육이는 먼저 작아지는 법을 알려 줍니다
잠깐 로마에 다녀오거나
아이맥스 영화관에서 지쳐 쓰러지는 상상들

꿈의 부족민처럼 살아납니다
당분간 세상은 사라지지 않을 것 같습니다

그렇지만 자라지 않는 다육이들이 있고

다육이에 대해 모르는 게 많습니다
깊이를 알 수 없는 눈빛에 깜짝 놀랄 때가 있어요

다만 우리는 사라졌기 때문에
밤의 부족은 번성할 거라는 생각에 빠져 있습니다

관엽식물 모놀로그

떨리는 손끝으로
손끝에서 번져 가는 게

슬픔의 초록 같은 거라면

나날이 새로워지고
아무도 모르게 억척스러워지는
몸속 어딘가

변덕스런 갈기와 몽니 같은 발굽으로
타박타박 걷는 말 한 마리가 있어

안장에 얹은 고독은 대담무쌍하고
한 발 내딛는 발자국마저 지워질 때

지워지는 게 견딜 수 있었다면

무릎걸음으로 바닥을 문대며
기꺼이 기꺼이 잎사귀 속으로 들어가지 않았다

손을 까맣게 물들이면서
이따금 시든 음악을 안는 것처럼

제멋대로 무성해지는
초록의 세계로 사람들이 몰려갈 때

눈물처럼 빛나는 초록의 꿈을 만지려 하지 않았다

편두통

자꾸 죽어 간다는 말을 들었다

그러다 보면 불쑥 자라 있었다
가끔은 정도를 가늠할 수 없어서

지금 난 뭘 하고 있지

생각하면 아무것도 생각나지 않았다
그것이 세계라는 듯 돌이킬 수 없다는 듯

시도 때도 없이 찾아왔다

문을 열면
쏟아져 들어오는 것들이 많았다

멈춰질 것 같지 않았다 버려지는 물건처럼

나무 곁을 맴돌았다

길고 뾰족한 부리로

세차게 나무를 쪼아 대는 새들을 생각했다

죽은 부분만 도려낸다고 했지만 직접 본 적은 없었다

그렇지만 나무는 잘 자랐고
새는 나무속에 새끼를 낳고 먹이를 날랐다

죽어 가는 걸 생각하지 않았다
아직 죽지 않았기 때문에

자꾸 버려지는 꿈을 꾸었다

단지 꿈이었으면 하는 말을 자주 했다

난독증

무언가 빠지고
반쯤 뒤집힌

그런 세계에서 무엇이든 해야 했다

편의점 진열대에 올려놓기 위해
매일 밤
김밥을 말면서

검게 말려 버린 믿음으로 밤을 끌고 가면서

꾹꾹 속을 눌러놓을 때
끝없이 말려 가는 게 나인지 김밥인지

눈알이 저절로 굴러갈 때까지 돌렸다
나는 무엇이든 돌릴 줄 알았지만

더 이상 돌릴 수 없는 곳에서 생각에 빠졌다

층층이 쌓이는 김밥들

눈이 없어도 불어나는 믿음처럼

여기저기로 갈라졌다 새카맣게 흩어졌다

나는 자꾸만 작아졌다
지워지기 시작했다

손가락 끝에 간신히 매달려 있는 눈알을 보았다
눈알을 떨어뜨리면

눈알을 밟고 지나가겠지
밤은 나를 끌고 빙빙 돌아가겠지

물 한 잔을 마시고
늘 앉던 자리로 돌아갔다

파도 아이

바다가 떠내려간다 잠에서 깨난 개가 어슬렁거리다가
다시 눕는다

나는 더 깊이 잠든다 잠이 나무처럼 흔들리고

개 한 마리가 서핑을 한다 온몸이 젖는다 물속에 담겼
다가 꺼내지는 발목으로 쉴 새 없이 파도가 부딪친다 나는
뒤로 젖힌 몸을 더 젖히며 느긋하게 가라앉는다 비극은 바
다의 중력을 이기지 못한 해변의 풍경으로부터 시작된다

밤새 푸른 감이 떨어졌다 학교에서 배운 건 이해 불가야
아이는 슬쩍 나를 보다가 바다를 본다 파도를 막막하게 따
라간다 바다는 검은 표정을 흘리며 왔다가 떠나고 다시 찾
아온다 태풍이 잠 속에 수북이 쌓여 있다

왜 발자국 소리가 나지 않을까 너는 이불 끝을 말아 쥐
고 고양이처럼 울기 시작한다 개가 고양이처럼 우는 게 이
상했지만 말없이 너의 발을 쓰다듬어 준다 앞발은 열 손
가락의 무게만큼 구부러져 있다 신발 속에 구겨 넣은 뒷
발은 난간을 걷고

너는 떨어진 감에 코를 대고 있다 코가 축축하다 젖은 슬픔은 생기가 있다 죽었다는 것을 알리는 것 같다 깜빡 잠이 들었던 모양이다

개 한 마리가 배에 올라 잠이 들어 있다 뭉실한 털 사이로 슬픔이 빠져나간다 너는 점점 더 검은 파도 속으로 들어가고 있다

나는 꿈에서 빠져나와 해변을 걷는다 자전거를 탄 한 무리가 지나간다 페달이 보이지 않는다 슬픔은 멀리 떠나도 같은 자리로 돌아온다 결국 더 많이 죽으려고 개 한 마리와 다정하게 누웠다고 생각한다

나무가 울고 있다 그 앞에 한참을 서 있는 아이를 본다

아이가 페달 없는 자전거를 들고 바다로 떠난다

처음부터 어미가 없었던 새끼처럼

포모증후군

　나는 팔월 같습니다

　끝날 것을 알아도 끈질기게 버티려 하고
　손을 내밀면 내민 채로 더 멀리 달아날 준비를 한다는 것

　가라앉고 있습니다
　녹아내리는 나를 내가 보고 있습니다
　얼굴이 손과 발이 가슴이

　왜 혼자냐고 묻고 싶습니다 몸속에서 물이 흘러나오고

　잠시 후 끝나는 걸 몰라도 물속에 숨은
　돌멩이처럼

　팔월은 팔월이라서 충분합니다

　부스러기처럼 흩어지는 나는 내가 아니라고 생각했습니다
　그러니 팔월이 나여도 이상할 것이 없고

내가 아니어도
가끔 팔월이 낯설어지는 건 어쩔 수 없습니다

불현듯 무서워져 돌멩이 속으로 걸어 들어갔다가
끝도 없이 흘러넘치는 물이 되어

나는 나에게로
팔월은 팔월에게로

말을 걸어 보려 했지만
눈앞에서 무뎌져 가는 돌멩이 때문에

눈을 떠 보니 내가 없어졌습니다

팔월입니다

마들렌 마들렌

이게 눈사람이야

나뭇가지 하나 불쑥 꽂아 놓고
어딘가에 주저앉아 녹아내리고 있을 때

연필을 쥐었다 던지는 일이 계속된다

나는 소리 없이 스며들고

깊은 곳에 오두막 하나쯤 있을지 몰라
그렇게 잊어 가는 순간들마저 잊히고

숙제처럼 하품을 하고
내가 던진 눈 뭉치에 내가 맞고

부서지기 쉬운 과자처럼
고개 돌릴 수 없는 냄새에 빠진 듯

젖어 간다

흠뻑 젖는다는 건 이곳이 싸우기에 좋다는 것
눈 속을 파헤쳐 연필을 찾아내고

굳이 마들렌이 아니어도 될 것 같아

그림 속의 마들렌은 맛도 냄새도 없고
나는 마들렌의 기분으로 다시 연필을 잡고

조금 더 그려 보는 일들이

그림 속에 남아 나를 흔드는 것이다
이미 시작된 그림 때문에

그녀의 수련법

—

부풀다가 말없이 터지고
마침내 가닥도 없이 풀어질 때

물속은 넓어지고
조용히 가라앉길 기다렸지

종이죽처럼

그녀는 여태껏 몸을 불리고 있다

이렇게 따뜻하고 익숙해도 되는 걸까
엇비슷한 모양으로 조금씩 죽어 나가는 것 같아

어떤 꿈은 기진맥진해진 채 죽어야 살고
꿈꾸지 않을 때 비로소 가벼워지는 세계라면

어떻게 불어나도 달라질 게 없는

얼굴을 붉히고 제 뺨을 때리다가
— 한꺼번에 쏟아지고

그것마저 틀을 갖추고 나면

나는 어떤 모양으로 그녀를 안아 줘야 할까

물방울처럼 잠든 울음을
두 손으로 다독이며

아직도 집중할 수 있어서 좋아

물을 버리고서도 주먹을 풀지 않아서

제3부

스킵 플로어

무엇부터 올릴까

오른손 위에 오른손은 뻔하잖아
미숙하잖아

자주 스위치를 켰다 껐다 하는 것처럼
어쩔 줄을 모르다가
손을 뻗은 채 정지된 화면이 된다
어디에든 당신이 있고 어디에도 나는 있다
아무 때나 만날 수 있다는 생각 때문에
우리는 멀어진다

단지 반복된 계단이라면
더 나아가 계단참의 이야기라면
서로의 관심사는 손을 잡는 것뿐이어서
일부분인 듯
외로운 사람들이 외롭지 않다고 믿을 수 있고

영화관에서는 곧 끝날 장면보다
아직 시작되지 않은 장면을 상상하는 것이 좋다

손을 잡지 않았다면
우린 더 오랫동안 한 장면을 떠올렸을지 모르고

손 밖으로 열차가 지나가고 있다
우리는 손을 흔들고 있다
흔들면 흔들수록 빠르게 사라진다 모든 게 사라질 수
있지
집도
사람도
개와 고양이도

밀려왔다 밀려가고 있다
슬로우 슬로우 킥킥
잠들고 싶은 파도의 얼굴로 빙빙 돌고 있다
음악이 끝난 것도 모르고

빛나는 어둠 속 장면들

곧 놓을 거라서
믿음을 얘기한다면

그래서 놓을 수 없는 게 손이라고 한다면
더는 떠들지 말아야 하는데

점점 졸음이 몰려온다
처음에는 할 말이 많았지만

내가 일어날 때 당신은 잠들고
아무리 깨워도
당신은 꿈쩍하지 않는다

비눗방울 유감

백색광을 들이대면 백 가지의 색깔이 떠오를까요
무늬 없는 사람들은 현기증이 납니다

빨대를 지나며
투명하게 부푼 사람들
잠에서 깨어나면 어김없이 꿈을 꿉니다

누구나 발을 내딛는 곳
나는 계단과 꽤 친한 편입니다

한 발을 올려놓기 무섭게 소리 없이 터집니다
의문을 달 시간도 없이
올라가려는 사람들 그곳은 항상 소란스러워요
바닥에 오래 머물면 내 발은 어두워지죠
박자에 맞춰 춤을 춥니다

아래로만 떨어집니다
더 위로 날아가 떨어집니다
나는 약간 독하고 억세다고 믿었는데
자주 쓰러집니다

리듬처럼 떨어져 얼룩이 됩니다
　얼룩은 지루한 시간을 잘 견딥니다 나는 숫자를 잊어요
　잘 견딘다는 말은 거짓말이에요 꿈속에서 시간을 주워
담아요

　종일 부푸는 것만 배웠어요

　떨어지는 것에 대해 오래오래 생각합니다
　고장 난 약속들로 내 몸은 믿음이 약해져요 멀미가 납
니다

　쓰러지는 것은 순합니다 기도를 하면 불행도 제법 부드
러워집니다

　무늬 없는 사람들이 즐비합니다
　우리는 얼룩을 이해합니다

이누이트 소년

— 머리가 하얗게 세었다

얼음 벌판을 계속해서 오가는 꿈을 꾸었어
소년은 깨어날 때마다 별일 아닌 듯 읊조린다

소년은 꿈꾸기를 좋아한다 손가락을 빨기 시작할 때부터
말할 때마다 차가운 물이 새어 나온다
나도 모르게 닦아 주고 싶어 꿈인 줄 알면서도

소년의 옆을 떠나지 못한다
매일 밤 소년을 안고 달리는 동안

나는 짐승의 가죽을 덮고 뜨거운 수프를 떠먹으며
소년이 되었고 소년을 소년이라고 해도 되는지 궁금했
지만

물어볼 용기는 없다
축축해진 몸을 떨며 갈 길이 남았다는 듯

— 나는 페페로니에서 왔어

소년이 중얼거리며 꿈을 꺼낼 때마다
부서지고 녹아내리는 빙벽을 말해야 하는데

꽉 죄는 가슴 줄과 거친 호흡들
대수롭지 않게 느껴지고
자꾸만 얼음물 속으로 처박히는 순간부터

꿈은 집도 없이 떠돌고
당장이라도 극지를 향해 달려갈 것 같다

소년이 짐승에 이끌려 간다
나는 소년을 꺼내야 한다고 생각한다

누가 좀 세차게 흔들어 주면 좋겠어

●나는 페페로니에서 왔어: 김금희의 소설 제목을 변형함.

월요일

생각나는 건 별로 없었다

멈출 수 있었지만
멈추면 더 이상 영화가 아니라는 생각 때문에
한 번 더 생각하게 되었고

아무도 멈추지 않아서
내가 영화가 되어야겠다고 생각했다

어둔 극장에서는
모든 게 멈춰 있는 것 같아서

머리를 옆으로 기울이고
어깨를 조금 낮췄다

누군가의 얼굴과
나의 얼굴이

겹쳐 있었다 심드렁해서 발을 꼬고
무릎을 맞댄 것처럼 영화는 흘러갔는데

76

월요일이었다 뚫어지게 쳐다봐도
아무것도 보이지 않는다는 생각이 들 때

몸이 무거워도 영화가 영화를 끝낼 거라는 걸 알았다

나는 영화가 아니었기 때문에
조금 더 어깨를 낮춰도 상관없었다

그래도 볼 건 다 봤으니까

영화가 영화를 이끌고 가는 중이었다

매시업

우리 잠깐 볼 수 있어요?

나는 나갑니다
우리는 볼 수 있을 거라고 생각합니다
하루 중 가장 한가한 시간이었고
가장 바쁜 시간이었다 해도 나갔을 겁니다

오늘처럼 비 오는 날
우산 없이 걷는 사람이 있습니다
충분히 젖은 채로도 젖지 않은 것처럼
어깨를 들썩이며
그는 음악을 듣고 있는 것 같습니다

그렇게 생각한 건
내 귀에 이어폰이 꽂혀 있기 때문입니다
장르도 모르는 음악 때문입니다
눈을 커다랗게 뜨고 빤히 쳐다보기 때문입니다
우산을 쓴 나와
비를 맞고 있는 그가
같은 얼굴로 서성거리고 있기 때문입니다

오늘 한 번 보았을 뿐이지만
우리는 매일 같은 시간에 이곳을 지나고 있었고
같은 상품을 진열해 놓은 편의점 앞에서
컵라면을 먹은 적도 있을 것 같습니다

그는 어려운 사람이 아닐지도 모릅니다
내가 아는 사람은 늘 어렵고
모르는 사람 앞에서는 솔직해질 수 있습니다
가끔씩 우리는
지평선을 궁금해할 수도 있고
비처럼 흘러 아픈 데를 씻어 줄 수도 있습니다

이렇게 계속 그를 바라보지 않아도
기다릴 수 있을 것 같습니다

비는 곧 그칠 것입니다

펀칭볼

매달려 있는 기분을 알까
그렇지만 너는 이미 매달려 있고

그런 이야기는 흔해서

다이빙을 좋아했던 안나는
손을 내밀지 않아서 다행이라고 생각했을까
담담히 떠오를 때
흘러내리는 물처럼 순한 얼굴이었다

적당한 스피드와 거리의 정확성을 배운다면
더 오랫동안 매달려 있어야 할 거야

그렇게 말하던 안나는
아침이 되어도 깨어나지 않았다

오늘은 좀 달려야겠어
주먹도 내지르고
거리 같은 건 생각하지 않고
손발이 있다고 믿었던 그때처럼

비틀리는 몸은 춤이 되고
출렁일 때마다 파도를 타는 물고기가 되는 거야
습관성 탈골은 어쩔 수 없지

종일 너를 두들긴 사람도
그러다 제 심장을 두들기게 되겠지

수화기 저편에서는 말이 없다
안나, 라고 부르려는 순간

흔들리고 있었다
천천히 걸어 나오고 있었다

밤새 안나의 발목에 매달려 있었다

열대어

이름을 불러 보는 일은 물을 불러 모으는 것 같았다

키씽구라미 구피 하프문 코리도라스 색색이 아름다워
물과 한 몸이었다 자꾸 헷갈려서 그게 그거라면 어쩌지

아직은 아무 일도 일어나지 않았다

물속은 뒤집어도 물속이고 자꾸 떠오르게 되면
그곳이 가장 밑바닥이 되는 것 같아

사람들은 몇 마리의 열대어를 건져 가고
남아 있는 열대어들은 남아서 산란을 시작했다

물의 고백 같았다

작은 열대어가 더 작은 열대어를 잡아먹었다 물속을
달리고 또 달렸다 두 볼을 맘껏 불리는 물이 따뜻해 보여

수족관 앞을 지나는 중이었다

흔들리는 것 같았다 흔들린다고 해서 넘어지진 않았다
뒤집어지지 않았다 부딪쳐도 부딪치지 않는 시간의 급류
에 휩쓸린 듯 오늘따라 왜 이렇게 조용한 걸까

아무 소리가 들려오지 않았다
보세요 이렇게 투명하고 평화로운걸요

슬픈 열대를 더 슬프게 하는 것들을 생각했다 열대어들
은 숨을 곳이 없었다 이름을 가진 적이 없으니까 물의 손
톱을 갖고 있으니까 수족관이 열릴 때에도 왜 열리는지 알
지 못했다

행인인 듯 툭툭 건드렸다
물의 속도로 흩어지고 흘러갔다

나는 진짜 행인이 되었다

●슬픈 열대: 레비 스트로스의 책 제목.

다른 바나나만으로

그냥 그래

침묵을 깨는 한마디 긴 꿈을 꾼다

우리는 두 손을 잡고도 아무렇지 않다
밖에는 비가 내리고

빗소리가 닿기까지
서로의 얼굴을 떠올릴 수 있을 거라는 생각
길어진 손끝을 짚어 가면

미동도 없이 상해 가는 바나나가 있다

여름은 한 꺼풀 벗기면 쉽게 무너지고
너무 가까운 사람은 가까이하지 말라는 말을 떠올린다
오래된 바나나처럼 울고 싶을 때

비를 싫어하면서도 비를 맞는 건
창 앞의 커튼이 흔들리는 이유와 같다

손을 잡으면 조금 더 무의미해지고 머리를 긁적이는 건
어쩐지 부족하고 긴 변명은 참을 수 없을 것 같아서

그냥을 반복하다 보니
불행을 말하는 데 일 초도 걸리지 않는다

여름과 무관한 것처럼 바나나는 쉽게 조용해지고

참을 수 없이 막막해진다
부지런히 달아날 일만 생각한다

간혹 비가 내렸고
아무 일도 일어나지 않았다

페페

—

　정원에는 크고 작은 식물들이 가득하고 식물들은 번지는 것을 좋아한다

　나는 아무래도 상관없다고 생각한다

　그냥 손을 잡는다거나 잡아 달라거나
　가만히 안는 것이
　조금 더 우리의 체온을 높일 수도 있을 것이다

　안이 말린 채로 새잎이 돋아나는
　페페가 있어요

　사람들이 수군거린다
　그런 목소리는 거의 들리지 않아서
　나는 혼자 서 있다 아직은 괜찮다는 것을 보여 줘야 한다

　쓰다듬을수록 빛을 잃는 잎들과
　쓸모 있는 페페의 안녕에 대해서

—

고개를 흔들어 보거나
물속에 빠진 동전처럼 두 눈을 흘려야 할지도 모른다

페페와 사랑에 빠지고 싶어
그렇게 말할 때의 나는 페페가 될 수 없다

말을 걸어오는 사람도 없고
딱히 갈 곳이 있는 것도 아니어서
마른 얼굴을 바깥쪽으로 문지르기 시작한다
까닭 없이 발밑이 아파 온다

그러면 잎이 하나 더 생겨나고 자꾸만 번져 나간다

　나를 덮어 가는 동안에는 움직일 수 없다 정원은 달라
지지 않는다

수박의 내부

흘러내리는 일. 그것은 누군가의 뒷모습을 잊어 간다는 말. 날씨 같은 그림자가 어른거린다. 어떤 말도 건넬 수가 없어서 그냥 본다. 그냥이라는 말이 한가롭게 흘러 다닌다. 볼 수 없는 것들은 안개처럼 궁금하다. 속물처럼 흘러내릴 걸 알고 있었잖아요. 안개 속에서 수박처럼 푸른. 어머니, 왜 저한테 그러셨어요. 수박을 던진다. 머리통만 한 수박이 박살 난다.

흔들린다. 눈동자가 접힌다. 나는 접힌 곳에서 살아남는 방법을 배운다. 흔들리는 모든 것은 부드럽다. 그것은 지극히 인간적이다. 극과 극을 오가는 게 오로지 선택뿐이겠니. 네네. 그렇고말고요. 그렇고 그런 것들이 접힌 채로 수박을 먹는다. 주먹을 쥔 채 엄지를 치켜세운다. 엄지가 송곳처럼 뾰족해지며 몸을 찌른다. 찔러도 피 한 방울 나오지 않을 년. 그럴 리가요. 피를 다 빼 갔잖아요. 불 꺼진 유리창을 보세요. 우리는 언제부터 아팠던 걸까. 그건 유리창을 가릴 게 없었기 때문이다. 유리창은 정직한 수박이다. 수박씨를 버리는 건 아무 때나 가능하니까. 입 주위를 닦아 주며 서로를 꼭 안고 수박을 깬다. 사람들이 깨뜨리기 전에 깰 수 있는 건 다 깨뜨리자. 다행히 우리의 유리창은 수박씨를 아니까.

　어떤 수박은 명랑한 소리를 낸다. 그러면 나는 한없이 풀어져 수박을 들고 집으로 들어온다. 대문 밖에 너무 많은 수박들. 깨지는 소리에 접힌 몸을 편다. 접힌다는 건 순서대로. 차곡차곡이라는 말. 지나가는 사람들이 차곡차곡 수박씨를 던진다. 방 안에는 수박씨가 가득하다. 그제야 우리는 유리창을 가려 줄 무언가를 기다린다. 풀어져야 가릴 수 있다는 걸 알게 된다. 서로의 입속에 있는 수박씨를 꺼내 주며 머리를 쓰다듬자 우리는 정말로 수박이 된다.

뭐라 뭐라 하기

사다리가 가만히 올라갔다 그늘도 따라 올라갔다 그늘
이 닿지 않는 곳으로 햇빛이 떨어지고 그림자 하나가 만
들어졌다 바람이 그림자를 툭 치고 달아나자 그늘이 조금
흔들렸다 잠바를 입은 사내들이 아래에서 뭐라 뭐라 소리
를 지르면 창밖에 얼굴을 내밀고 있는 사내들이 뭐라 뭐라
소리를 질렀다 그늘이 입속에 들어가듯 나는 단정해졌다
바람이 입술을 모으는 것 같았다 사다리가 무게 없이 올
라가서 잔뜩 긴장한 채 서 있었다 바람이 정물화 같은 이
삿짐들을 뒤적이고 그늘의 발자국이 닿지 않는 곳으로 잽
싸게 숨었다 도망가지 않아도 좋을 날씨였다

낮은 사다리로 고층을 넘보며 사내들은 빛나는 그늘 속
으로 들어갔고 눈부신 여름이었다 어떤 사내들은 창문에
목을 내놓고 바람에 닳아 가고 있었다 그늘이 몸속에서 나
가지 않을 것 같았다 나도 모르게 목을 만지고 있었다 더
이상 날씨를 믿지 않을래 가벼울수록 사다리가 흔들렸다
그늘도 뭐라 뭐라 따라 했다 피아노가 공중에서 기다리며
뭐라 뭐라 연주를 시작하자 이삿짐들이 뭐라 뭐라 한마디
씩 했다 바닥과 바닥 아닌 것들이 바닥의 방향으로 돌아설
때마다 흔들렸다 내일이 죽어 버리면 좋겠어요

90

끝없이 사다리가 내려왔다 나는 사다리의 높이를 조금 이해했을 뿐 얼굴이 지워지고 있는 것을 눈치채지 못했다 사내들은 지워진 얼굴을 들고 뭐라 뭐라 계속해서 떠들었다 없는 얼굴이 바람에 자꾸만 부딪혔다 한 번도 멈춘 적이 없었던 것처럼 너무도 태연해서 나도 그늘을 주워 뭐라 뭐라 얘기하고 싶었다

휘발

들끓는 사람이 되어
안으로 안으로 들어가기만 할 때

사람들은 남아 있는 기름을 부었다
도망가는 새벽이었다 뼈들이 튀었다

사람의 뼈에서는 빛이 난다는데
그 빛으로 사람들이 빨려 들어가고 있었다

한 줌 빛을 움켜쥐고
언 강에 엎드려 불을 지피듯

아직 돌아가지 않았다 뿔뿔이 흩어지지 않았다

빛더미 같은 재만 수북이 남은
커다란 드럼통 앞에서
손발을 비비면서

사람들은 재가 되어 갔다

점점 가라앉는 재를 따라 동공이 풀려 갔다
숨이 찰 때까지 숨을 참는 기분

나는 더 안쪽으로 달렸다 불길이 쫓아왔다
여기저기서 고기 타는 냄새가 났다

복도를 뛰고 창문을 깼다
빛이 나를 살린다는 생각을 못 했다

숨 쉴 때마다 나는 가벼워져
가만히 가슴을 쓸어 보았다 재로 가득했다

Conquest of paradise

36.5°

식는 게 겁나서 컵을 놓지 못하는 온도 감싸 쥘 때마다 손목처럼 깊어지고 있었다 손목을 잡고 어깨보다 먼저 달려 나가고 싶은 날에

폭우가 쏟아질 확률은 얼마나 될까

게릴라성이었다 치고 빠질 만큼 절박했다 손바닥을 머리에 얹은 사람들이 이리 뛰고 저리 뛰고 있었다 그것을 온도로 설명할 수 없었다

한꺼번에 몰려오는 바깥은
얼마나 빠르게 안을 적셔 가는지

사람들은 각자의 일에 몰두했다 노트북을 열어 놓고 있거나 수다를 떨거나 망연히 창밖을 보거나 그도 아니라면 책을 펴 놓고 있거나

컵은 안에서부터 비어 가고 있었는데

안과 밖이 같은 곳에 입술을 부딪다가
파국을 마시는 기분으로

폭우와 햇빛 사이를 오가듯

음악은 살아 있었다 4분 10초 후에 끝나는 노래였다 조
심스럽게 컵을 감쌌다

일어선 사람들이 나갔다 금방 사라졌다 떠난 자리에는
컵만 덩그러니 남았고 그마저 아무도 신경 쓰지 않았다

사라지는 건 온도의 다른 얼굴일 뿐 어수선하고 뒤숭
숭해서
낮을 접으면 밤이 되는 것 같고

밤은 갈 데까지 가 버려서
돌아오지 않아도 좋을 것 같다는 생각이 들었다

●Conquest of paradise: 영화「1492 콜럼버스」주제곡.

제4부

남아 있는 판다

판다의 정원에 판다가 없다는 걸 알고 있었잖아

나는 검은 숲처럼 울었다 검불을 헤치고 걸어가면 바
닷가였다
오늘이 반복되더라도
되도록이면 살고 싶다고 했잖아

눈을 뜨면 낡은 침대 위였다

문득 판다의 유통기한이 궁금했다 진통제처럼 혹은 파
프리카처럼 때가 되면 폐기물로 분류되는 건지에 대해 말
해 주는 사람이 없었다 일차원적인 불행을 연습하고 판다
의 정체를 설명할 수 없는 일이 이어지면서 모두가 같은
방식으로 몰라야 한다는 결론을 내렸다 오늘은 증명할 수
있는 무게를 갖고 있는 게 아니었다

우리의 내일을 목격할 수 없을 거야
너는 규칙적으로 먹고 마시고 웃으며 날마다 낡아 갔다

죽지 않는다면 행복하지 말아야 하는 게 아닐까

자꾸 불행한 이유를 떠올리며 웃는 너를 이해할 수가 없었다

오늘을 어떻게 끝내야 하는지를 두고 의견이 분분했다

어떨 때는 판다가 없는 것이 낫다고 생각되기도 하고 우리가 더 이상 가깝지 않아서 다행이라는 생각이 들기도 하고 그렇게 생각하면 이해되지 않는 일은 없다는 결론에 다다랐다

자주 바닷가를 거닐었고 사진처럼 솔직해졌고 공원처럼 아득해지기도 했다 손을 잡고 있으면 발이 사라진 것 같았다 너는 침대 끝에 앉아 지루한 목소리로 정원에 판다가 없어서 참 다행이라고 했고 그러면 나는 검은 숲을 지나 돌아오는 것이 우리가 아니어서 좋다고 했고

누구의 오늘인지 설명할 수 없는 일이 이어지면서 식탁은 여전히 혼자여야 한다는 것을 알았다 우리는 그저 세계를 이해하려고 떠들고 있다는 걸

마음을 멈출 수 없는 건 완전한 비극이라는 걸

미리 알지 못해서 미안하다고 중얼거렸다

밤마다 서로를 껴안고 있었다

판다의 정원에 판다가 남아 있지 않다는 것은 끝끝내 결론 내릴 수 없었다

인간 오믈렛

— 　우리는 좀 더 남아 있기로 했다

　빌딩을 올려보는 고개의 각도를 생각했다

　한참 동안 움직이질 않아서 빌딩과 함께 늙어 가는 줄
알았다
　한 줄짜리 속보처럼 잊히고 입을 여는 족족 빨려 들어
갈 것 같았다
　대수롭지 않다는 듯 옆을 돌아보면서

　우리는 동시에 눈을 떴다 오믈렛은 아침에 적당하고
　누가 먼저랄 것도 없이 가스 불을 켜고 프라이팬을 달
구기 시작했다
　아침 장면이 너무 선명해서

　흰자와 노른자가 터질 때라든가 힘껏 저을 때 섞여 들
던 표정이라든가

　일상적인 일은 떠올리지 않았다

—

인간이 인간을 덮치면 인간의 형체를 잃었다 앞으로도
그럴 것이다
　오믈렛을 생각할 때마다

　기이한 병을 앓고 있다고 생각했다

　우리는 더 깊숙이 들어가 보기로 했다
　빌딩 속으로 사라진 것들을 찾아보려고 하면서

　더 많아지고 더 높아 가는 빌딩에 대해 얘기했다

　넘쳐나는 것들이 넘쳐나고 넘쳐나지 못하는 게 넘쳐나
　그런 날도 있어야 하지 않겠니
　묻는다면

　오믈렛으로 완성된 흰자와 노른자는 서로를 신뢰하는
걸까

　너는, 꼭 아침처럼 말하는구나

그렇게 말하는 그에게서 오믈렛 냄새가 났다 어깨를 툭
쳤다 그는 토할 것 같다며 빌딩으로 뛰어들어 갔다 사람
들이 줄지어 드나들었지만 그의 모습은 찾을 수 없었다

그를 삼켜 버린 빌딩을 생각했다
뒤엉키고 뒤섞이다가 끝내 사라져 버린

누가 흰자인지 노른자인지 구별할 수 없었다

●인간 오믈렛: 권혁웅의 책 『몬스터 멜랑꼴리아』 중에서.

어떤 사람

부드러운 식감을 맛볼 수 있다면
스스로 무엇을 생각하는지 모를 혀를 갖게 될까

한 덩어리만 사야지
가벼워지고 싶어서 흘려보내고 싶어서

무의미의 축제를 생각했다

한 손도 아니고 한 줌도 아니고 한 덩어리라니
한 꺼풀 껍질을 벗기면

그런 게 무슨 상관이람 바나나는 그냥 바나나
단맛으로 이루어진 한 송이의 바나나가 무의미라고 생
각했다

한입에 꿀꺽
넘길 수 있다기에

잠시만 더 조금만 더 일단 더
후숙이 필요한 건 무의미일까 나일까 바나나는 머뭇

— 거리고

단단해져도 풀어져도 맛은 묻지 말아야지
공복에 스며드는 물처럼 물의 결정처럼 살고 싶어

부드럽게 뭉개지는 바나나의 기쁨과
천천히 사라져 가는 혀끝의 미소를 떠올리면서

어쩔 줄 모르는 사람

익을수록 물러지는 바나나는 외롭고
안으로 파고들수록 무너지는 마음이 달콤해질 때

잠시 망설이는 순간을 설익은 바나나라고 믿어도 될까
겹겹이 쌓아 놓은 무의미는 탐스럽기도 하지

오래 고르다가 먼저 주저앉은 사람

그러다가 더 달콤해진 사람과
너무 달콤해서 자신을 놓아 버린 사람

●무의미의 축제: 밀란 쿤데라의 장편소설 제목.

폐타이어

―

이미 먼 곳에서 뛰어온 것 같다
그러면서 또 먼 곳으로 돈다

아이들이 가쁘게 숨을 쉰다

내가 앉은 의자는 삐걱거리고
땅을 짚고 다시 일어설 때 숨을 고르는 것처럼

아이들이 욕설을 한다 아이들은 들떠 있다

홀로 떨어져 있다는 생각이 들지 않는다

움직이는 사람과
움직이지 않는 사람

운동장에는 두 종류의 사람들만 있다

　서로를 묶어 놓은 듯 욕설들이 길어진다 버릴 것을 버
리기 위한 숨소리 같다

―

폐타이어 하나로 세 개의 신발 밑창을 만들 수 있대
누군가의 말이 떠오르고

어딘지 모르게 운동장이 들뜨는 것 같아서
무릎을 접고 의자에 앉는다 기울어진 의자가 더 기울
어진다

아이들이 눈앞에서 기차놀이를 한다
느리게 굴러가는 기차를 또 다른 아이들이 밀고 간다

손끝만 스쳐도 굴러간다

기차 안에는 의자가 있고 내가 있고 아이들이 있다

누수

부스러기처럼 흩어진 생각들을 모아
나의 이목구비를 세우고

그걸 망가뜨리는 것이 좋다
자라지도 않고 죽지도 않고

키 작은 소나무가 고목 같았다 뿌리를 자르고 가지를
다듬어 자라는 게 아름다운 거라면 나는 잘 자랐다 잘린
믿음과 순한 마음은 서로의 볼을 꼬집으며 상처를 내고

망가진 것을 모르고
축축하게 젖어 가며 비틀려 가는

소나무 분재 앞에서

조용히 스며들면
커다란 비밀처럼 한숨이 새어 나오고

그것은 화분 속에 일기를 숨겨 놓고
매일 매일 물을 주며

희미해져 가는 문장을 읽으려는 것과 같다

잊어 가고 있었다 떠오르는 건
소나무를 둘러싼 깜깜한 장면들

스스로 넘어가야 하나 깨야 하나

원해서 잘린 게 아니었다 뿌리에 가지에 연연하지 않
겠다
민낯으로 부서져도 허리를 굽히지 않겠다 그런 게 분재
의 결기라면

왜 아직도 그러고 있어?

새벽 공기를 다 마신 것처럼 소나무는 여전히 날이 서
있고

한곳에 너무 오랫동안 서 있었다

빈혈

피는 끝에서 분명해졌다

손발을 가볍게 흔들면 낯빛을 숨기지 않았는데
돌고 돌아서 할 말이 있는 것처럼

끝없이 펼쳐진 나무들 사이를 걸었다

휘돌고 있는 것 같았다 옆으로 자라는 이끼처럼
우리는 엇갈리고 손은 미끄러워서

식은 반찬들과 찬밥을 사이에 두고 감사 기도를 올렸다
춥고 어둔 새벽 식탁에서 졸고 있는 통증처럼

우리는 늘 피가 모자랐다

모든 것이 부족했기 때문에
떨어진 나뭇가지들을 끌어모아

불을 피웠다

식탁을 데우다가 어떻게 해도
우리는 힘들겠구나 생각하면서 서로의 심장 깊숙이

나무 한 그루를 심었다 나무를 칭칭 감아올리며 기지개
를 폈다 나무는 여전히 나무로 자라고

뚝뚝 떨어지는 것을 보았다
검붉은 얼굴로 끓고 있는 게 보였다

식탁을 잡고 일어서려다
뒤로 넘어갔다 이렇게 쓰러지면 안 되는데

생각뿐이었다 피가 도는 생각만으로 일어나지 못했다

모핑의 세계

—

인형들이 방을 걷고 있다 인형들이 넘쳐난다
밖으로 던져도 아쉽지 않을 것 같아

그런 인형이 마음에 든다
유일한 인형을 생각해 본 적 없는데

유일한 게 뭔지도 모르면서
인형에 박힌 눈을 오랫동안 바라본다

딱딱하고 검은 두 눈을 위로라고 해야겠다
하나는 떼어서 어항에 던지고
나머지는 바닥에 굴러다니게 해야지

인형에서 인형으로 옮아가면 어른이 된다
계속해서 작아지는 인형들
소리 없는 물처럼
바람 한 점 없는 공기처럼 스며들며

내가 아닌 것들로 꽉 차 있어

—

이 세계는 자주 형체를 잃고 인형 속에서 인형을 꺼낸다

인형들의 눈빛이 까만 이유
나의 몸은 없고
없는 목소리를 인형 속에 묻으며

어디까지 내동댕이쳐지는 걸까

바닥에 누워 있는 커다란 인형의 표정을 살핀다
툭 건드려도 일어나지 않는다

얼마 동안 숨 쉬지 않고 버틸 수 있지?

하루양식장

하루는 그리고를 반복하는 물고기다

누군가 한 움큼 먹이를 쥐었다가 던진다
종소리처럼 달려드는
물고기들

미역처럼 흔들려도 폐사하지 않으니
어쩌면 세상의 모든 그리고를 품고 키우는지 모른다

그리고를 풀어놓을 때마다 비린내가 몰려와

한꺼번에 달려들면
함께 뒹굴며 목을 딸 수도 있을 것 같은데

여전히 버섯처럼 순한 물고기들
목맨 눈동자와 번득이는 비늘이 물속에 풀어져 있어

하루는 물을 안고 그리고와 그리고 사이를 헤엄친다

그리고라는 말 속에는 손을 잡는 느낌이 있다

잡힌 적 없지만 잡혀 있는 것 같고

미리 손을 내밀면 미끌거리며 빠져나가고

아직도 팔딱거리며 자라는 지느러미
그 아래에서 새끼들이 알알이 태어난다

밥을 먹어도
늘 허기가 져서

그리고 또 생각하는 동안

문 닫을 시간이 되었다 날 선 가시처럼 뒤돌아볼 때에도

맥락 없이 떠다니는 물고기들
서로의 등을 붙이고 혼자서 숨을 참는다

타임

시간의 발을 주무른 적이 있다

주위가 훈훈해졌다 빈 화분 속이었다

묻히고 눌린 사람의 얼굴이었다
거친 숨을 몰아쉬면 화분이 꽉 찬 느낌이어서

나는 내내 화분 속에서 지냈다
복도를 만들고 방을 만들고 커다랗게 창문을 내면서

복도를 접고 또 접으면 방은 열쇠고리처럼 작아져서 창
문에 매달아 놓을 수 있었다 흔들릴 때마다 시간은 발의
모양으로 쉽사리 늙어 버리고

화분 여기저기에 꼼꼼히 숨겨 놓았다
그대로 스며들어 잠시

화분을 더듬거리고 있었는데

아는 목소리가 들려오고

방문을 여닫는 소리 쿵쿵 걸어 다니는 소리

내 몸을 떠난 소리들이
나보다 큰 목소리를 내고 있었다

작아지지는 말아야지
다짐하는 발이 화분 속으로 걸어 들어갔다

얼굴이 달아오른 시간과
시간을 등에 업고 달아나는 발이

전부인 적이 있었다

물수제비

천천히 번져 가는 게 좋았다

돌멩이는 살아 있고

어디쯤에서 부서질지도 모르고 어쩌면 모래처럼 휩쓸
릴지도 몰라 그런 생각을 할 때에는 이미 돌멩이가 보이
지 않고 물소리도 들리지 않고

비행기 한 대가 빠르게 사라졌다

멈칫하는 비행운처럼 생각에 잠겼다 어지러운 마음을
모아 돌멩이를 만든다면 고르는 재미가 있겠지

모양이 다른 젤리들
색깔이 제각각인 솜사탕처럼

한입만 삼켜도 좋을 것 같은 돌멩이라면 언제라도 움켜
쥘 텐데 아무 돌멩이나 던지면서 던진 다음에는 무엇을 할
지 생각할 것 같은데

잠잠해질 때까지 기다리면 될 일이었다 할 말을 삼킬수
록 더 기울어지는 것 같았지만

윤슬이라든가
조금 전 손의 감촉이라든가

이미 던져진 돌멩이는 무게도 없이
매일 밤 꿈에 찾아와 파문을 일으키고

언제나 나를 앞질러 번져 가는 게 꿈이었다
오래된 사진첩을 들여다볼 때처럼

닿을 수 없는 거리를 망연히 바라보았다

아직 시작도 되지 않았는데
움켜쥐었다 놓은 게 무엇인지 알 수 없었다

어쨌든, 너머

우리는 걷고 있었다 태풍이 온다고 했다 발바닥이 젖기 시작했다

한 장면만 돌려 보면 모든 영화는 완벽하지 않아? 내일까지 창문을 열지 말아야 해 우리의 대화는 물처럼 되풀이됐다 앞으로 걷는 동안 잡은 손이 무거워지고 있었다 축축한 손바닥을 보여 주지 않으려면 백사장에 누워 파도의 속도를 재야 할지 모른다

무수한 창문들이 닫혀 있었다 기상예보를 듣기 전에도 열린 적이 없다고 했다 너의 말을 의심하는 동안 누군가가 창문을 열었다 뛰어내리는 사람을 보았다 뛰어내리는 방향으로 차가 지나갔다 연습한 것처럼 납작해졌던 사람이 일어났다 영화의 한 장면이었다

끝으로 갈수록 우리는 쉬워졌다

집에 남겨 둔 선인장이 생각났다 아직 시들지 않았는데 결국엔 죽게 될 거라고 말하지 않았다 발에서 발로 건너가는 마음이 차오르고 있었다 발밑을 들여다보려고 애

쓰는 너를 보았다 생각이 너머의 것들로 흩어졌다 무수한
창문들이 떨리고 있었다

점점 익숙해졌다

서로가 모르는 표정으로 나아갔다 묻거나 대답할 수 없
는 것들이 많아졌다 너머에서 어떤 얼굴을 완성할지 궁금
했다 무거운 손을 놓아야 한다는 걸 알았다 창문의 방향
을 자꾸만 힐끔거렸다 바람이 거세졌다 항상 빗나갔던 일
기예보가 이번에는 적중했다 가던 길을 더 빠르게 걸었다
숨을 죽이고 걸었다

모든 것이 빗방울 속에서 무너지고 있다

바오밥나무

더 깊이 캄캄해질 수 있습니다 지루한 순서를 기다리듯
늘 앞에 있던 사람을 바라보다가

단지 비를 맞았을 뿐인데
오래오래 떠내려가고 있었을 뿐인데

이유가 없는 질문지처럼 손에 쥐고 있는 지도 한 장

많은 이들이 떠나갔고 나는 남아서 동그라미를 그리고
있습니다 안으로 차오르는 나를 보고 있습니다 "영화 속
장면처럼 반전을 기대할게" 누군가 말하면 내 것이 아닌
것 같은 세계가 시작되고 나의 그림자는 바오밥나무처럼
반복되고

시간이 지날수록 터미널의 냄새가 배어들고
나는 슬픈 세계를 만들었습니다 그러다가 터미널을 아
주 잊어버리고

동그라미 속에서 사람들이 쏟아지고 있습니다 서로에
게 도달하는 사이

물방울의 비밀을 발견할 것 같고 동그라미 속에 발목
을 묻으면 안간힘을 쓰지 않아도 따뜻할 거 같고 "세상은
쓸모없는 것들로 가득해" 그래도 서로를 위로할 거 같고

덥고 건조한 내일 같은 거
잊었다고 생각하지만 잊힐 수는 없는 거라서

비가 왔나 봅니다 터미널은 별일 없습니다

다만 비가 왔습니다

귀 기울이지 않아도
비 오는 표정의 사람들이 많았을 뿐이고

바오밥나무를 마중하러 가는 내가 있을 뿐입니다

구둔역

구둔역 하면 입술이 벌어진다 채 끝내지 못한
이야기처럼 선로에 닿는 작은 빗방울

선로보다 더 길어진 세계를 듣는다 어깨와 나란히 한 두
팔은 지평선을 만들고
우리는 너머를 향해 떠난다

끊긴 세계를 끌고 간다 지평선처럼 걷는다 발들이 자
갈밭을 지난다 자갈이 내는 소리를 지평선 너머의 이야기
로 이해한다

자갈은 빗방울처럼 무수할 테지만 너머와는 상관없고
끊긴 걸 안다 해도 달라지는 건 없을 테지만 우리는 여
전히 기차에 오르고

끝내 멈출 수밖에 없었던 바퀴의 사연이나
순식간에 뒤집혀 버린 기차의 이야기는 쉽게 잊는다

어딘가로 흘러가길 바라지만 끝이 없어서
우리의 이야기는 따분하고

그래도
굳은 마음을 풀 수 있는 건

먼 곳의 이야기

우리는 빗속에 오래 서 있다
악보를 적듯 흥얼거리는 자갈밭의 노래들

슬픈 노래는 마음을 움직인다 선로가 끊긴 곳에서 이
야기가 끝났다고 믿고 싶지만 너는 나의 어깨를 넘어 먼
곳으로 가고 나는 빗소리가 음악이 되는 게 더 그럴듯하
다고 말한다

여름은 떠날 준비를 하고 여름처럼 걷고 있는 우리는 목
적지도 없이 출발한 적도 없이 손을 잡는다 굳은 입술에
오래전의 꿈을 옮겨 준다 아무도 돌아보지 않던 그날처럼

기차의 일부가 되어 폐역을 떠나지 못하고

떠나는 일을 멈추지 않는다 입술을 오래 열고서

산책자의 불안과 즐거움, 그 너머

이승희(시인)

시인은 걷는 자, 이동하는 자, 멈추지 않는 자이다. 길 위의 산책자로서 시인은 무수히 많은 길을 걸어야 하며, 무수한 길 끝에 다다르며, 그 끝에서 자신만의 길을 새롭게 만들어 내는 자이다. 또한 자신이 이미 걸어온 길은 잊거나 잃어야 하고, 그것을 동력으로 다시 움직이는 내면의 산책자일 것이다. 시인 역시 이 세계를 살아가는 사람이고, 세계에 속해 있다. 그러나 속해 있음을 통해 속하지 않음을 생각하고, 존재로서의 자신의 세계를 구축하고 싶어 한다. 이는 이 세계와의 지속적인 불화를 전제로 한다. 그것은 그의 산책이 이미 있는 길에서 벗어나면서 숙명적으로 받아들여야 하는 운명과도 같다. 더불어 이러한 운명을 짓누르는 불안과 절망 역시 온전히 수긍하고 시작하는 싸움이다. 누가 뭐라든 슬프고 아름다운 싸움이다.

최지온 시인의 시에서 나타나는 산책자로서의 내면은 비

교적 온순하다. 그러나 이 온순함은 시인을 더 멀리로 더 낯선 곳으로 치밀하게 밀어 가는 동력이 된다. 과장하거나 호들갑스럽지 않게 그러나 침착하고 진지하게 밀어 가는 힘이다. 이것을 살펴보는 일은 최지온 시 읽기의 또 다른 즐거움이다. 더불어 어쨌든 살겠다가 아니라 죽거나 죽지 않거나 사이에서 집요하게 싸움을 펼쳐 나간다. 이런 자세는 그 자신이 어디까지 갈 수 있을까가 아니라 어디에서든 멈추지 않아야 하는 싸움이라는 것을 알고 있는 것이며, 끝나지 않을 것임도 알고 있음을 보여 준다. 따라서 도착하는 어디가 중요한 것이 아니라 시인 자신도 알 수 없는 어떤 길 위에 홀로 서 있는 상태인 것이다. 과정이며 동시에 결과로서 최지온 시인의 강력한 무기는 쉼 없이 걷는다는 것이다. 시인이 걷는 길은 세계이고 동시에 세계가 아닌 어떤 것이다. 그럴 때 세계와 시인은 일정 부분 공조의 관계에서 자유로울 수는 없다. 그리고 시인은 그것을 알고 있다. 그건 불행이며 위협이 될 수도 있지만 그럼에도 걷기를 멈출 수 없는 것은 시인이 걸을 때마다 세계는 아주 조금씩 그의 시 쪽으로 다가서기 때문이다. 그럴 수 있다고 믿기 때문이다.

우리는 날마다 모르는 것에 직면하고

시인에게 사물은 사물이며 사물이 아니다. 동시에 세계는 세계이며 세계가 아니다. 지금 여기의 길과 지금 여기가 아닌 곳에 대하여 꿈꾸기는 그래서 가능해진다. 그런 가능성은 시인에게 힘겨운 싸움을 의미하는 동시에 자주 절

망적인 상황으로 이끌기도 한다. 그러나 이를 통해 시인은 새로움의 방식을 보여 준다. 어차피 새로움은 발견하는 자의 것이다. 일반적으로 모르는 것은 모르는 것이다. 그러나 시인은 모른다는 사실을 자신의 의식 세계로 가져오려 한다. 모른다는 것을 아는 것으로부터 출발하는 것이다. 이것이 자신만의 세계를 창조해 가는 시인의 방식이기도 하다. 이는 부정의 동일화가 아니라 부정의 긍정으로 나타나기도 한다.

지금 그것은 수국 같습니다

흔적도 남지 않았습니다
깊이 스며든 게 눈물인 걸 알았겠습니까

한창 피는 중입니다 뿌리는 은밀해질 테지요
수국은 울지 않았습니다
같은 실루엣으로 하얗다가 파랗다가 빨갛다가

수국이 수국을 죽이고 수국이 수국을 살리는 중입니다
우리는 덩달아 풍성해집니다

수국이 우리를 움직이고
눈멀게 합니다 그 순간만큼은 생각하지 않습니다
무료하지 않습니다 이렇게 끝날 것 같은 기분에 빠집니

다

해칠 의도가 있겠습니까
눈물을 좋아할 뿐 더 아름다워지고 싶을 뿐
누군가의 죽음을 원했겠습니까

평화로운 세상 같습니다

보이지 않는 것을 보려고 우리는 다짐 같은 걸 합니다
잠꼬대처럼 반복할 수밖에 없어서

버둥거리는 벌레들과 가늘어 가는 줄기를 붙잡고
지금 수국은 수국 아닌 것과 반목하는 중입니다

함께 살아가는 중입니다

수국은 수국만을 볼 겁니다 나 없이도 가득할 거 같습니
다

벗어날 수 있겠습니까 익숙해지고 길들여진 이곳에서
우리는 좀 더 놀라워해야 합니다 답 없는 문제는 잠시 상
상에 맡기고

버림받은 것 같은 기분으로

지금 나는 수국이 아름답다고 고백하는 겁니다

─「수국의 시간」 전문

시인의 시선은 궁극적으로는 자기 자신으로 향한다. 먼 길을 나서는 것도, 그간의 고독함을 견뎌 내는 이유도 그렇다. 본래의 자아에 대한 그리움 같은 것일지 모른다. 최지온 시인의 부정의 세계에 대한 반응 방식도 그것을 생각하고 있다. 지속적으로 세계와 나의 단절을 경험하고, 그것을 아프게 확인하면서도 싸움을 멈출 수 없는 것이다. 동의할 수 없는 세계는 쉼 없이 밀려오고 어찌하지도 못하는 사이에 밀려가기도 하고, 시인 자신을 밀어내기도 한다.

세계는 자꾸만 부정으로 융성해지고 시인은 더욱 작아져 간다. 그 속에서도 시인은 자신의 고유한 자리마저 위태로워진다. 하지만 시인은 그러한 환경 속에서도 자신을 증명하고자 한다. "수국이 수국을 죽이고 수국이 수국을 살리는 중입니다/우리는 덩달아 풍성해집니다". 부정이 풍성해질수록 시인의 자리는 작아진다. 어떤 끝으로 자꾸만 밀려난다. 그러나 시인은 그러한 세계를 아프고 정확하게 목도함으로써 세계 속에 던져진 자신의 존재에 대한 의식을 이끌어 내고 있다. "벗어날 수 있겠습니까 익숙해지고 길들여진 이곳에서/우리는 좀 더 놀라워해야 합니다 답 없는 문제는 잠시 상상에 맡기고//버림받은 것 같은 기분으로/지금 나는 수국이 아름답다고 고백하는 겁니다". 세계가 부정으로 가득할 때 시인은 그 부정을 긍정하려 한다. 인정하려

한다. 그것으로 시인은 자신의 존재로서의 출발점으로 삼으려는 것이다.

이처럼 부정적인 것과 함께 머물기 혹은 살아간다는 것은 가혹한 일에 가깝다. "판다의 정원에 판다가 없다는 걸 알고 있었잖아//나는 검은 숲처럼 울었다 검불을 헤치고 걸어가면 바닷가였다/오늘이 반복되더라도/되도록이면 살고 싶다고 했잖아" 각오했다 하더라도 고통은 고통스러운 것이며, 받아들이기 힘들다. "내일을 목격할 수 없"고, "규칙적으로 먹고 마시고 웃으며 날마다 낡아" 가는 날들에 대하여 어떤 답도 찾아낼 수 없을 때 "누구의 오늘인지 설명할 수 없는 일이 이어지면서 식탁은 여전히 혼자여야 한다는 것을 알았다".(「남아 있는 판다」) 이처럼 세계 속에서 자신의 고유성을 찾거나 획득하려는 시도는 번번이 좌절되기도 한다. 그리하여 철저히 고립된 채 오직 자신의 힘만으로 견뎌야 한다는 것을, 이 세계의 폭력성을 새삼 목격하게 된다.

이 과정에서 시인은 부정의 긍정이 세계와의 동일화나 섣부른 이해가 아님을 강조한다. 그보다는 일정한 거리의 확보를 통해 세계에 대한 좀 더 냉정하고 치밀한 응시의 방법을 보여 준다. "빠르게 날아 너의 심장을 찌르겠어/그런 말에도 흔들리지 않습니다//나는 단순해집니다"(「크로키」). 단순해진다는 것은 수동적인 방식이라기보다는 적극적인 방식에 가깝다. 이것은 세계에 대한 상대적 우위를 인정하는 것처럼 보이지만 사실은 그 차이와 거리를 인정하는 것에 가까우며, 이를 통해 상대적으로 자신의 위치와 자리를 잡으려는 행위에 더 가깝다. "흔들린다면 이미 나무는 나무의 이름을 갖는 것"이며, "무엇이든 해 보려고/내 안의 잎들을 꺼내 놓"을 수 있는 것이다(「여름 팬터마임」).

　　나는 팔월 같습니다

　　끝날 것을 알아도 끈질기게 버티려 하고
　　손을 내밀면 내민 채로 더 멀리 달아날 준비를 한다는 것

　　가라앉고 있습니다
　　녹아내리는 나를 내가 보고 있습니다
　　얼굴이 손과 발이 가슴이

　　왜 혼자냐고 묻고 싶습니다 몸속에서 물이 흘러나오고

　　잠시 후 끝나는 걸 몰라도 물속에 숨은
　　돌멩이처럼

　　팔월은 팔월이라서 충분합니다

　　(중략)

　　나는 나에게로
　　팔월은 팔월에게로

말을 걸어 보려 했지만
눈앞에서 무뎌져 가는 돌멩이 때문에

눈을 떠 보니 내가 없어졌습니다

팔월입니다

—「포모증후군」 부분

부정의 긍정은 부정 자체에 대한 긍정은 아닐 것이다. 긍정을 통한 거리와 차이에 대한 인식이며, 이를 통해 보다 독립적인 자아로서의 길을 모색하고자 함에 있다. 그리고 이를 위해서는 필연적으로 자신의 내면으로 향할 수밖에 없을 것이다. 세계가 아니라 그 세계 속의 '나'라는 존재 자체에 대한 질문으로 이어질 수밖에 없기 때문이다. 그 과정 또한 필연적으로 고통스럽고 파괴적이다. 어떤 문제의 원인을 내부에서 찾는 자에겐 더욱 그렇다. 극심한 단절과 소외는 비록 어떤 과정 속의 문제일 수도 있겠지만 그것을 통과하는 자에게 그건 견디기 힘든 현실이 된다.

"가라앉고 있"으며, "녹아내리는 나를 내가 보"는 일이다. 그리하여 "눈을 떠 보니 내가 없어졌"다는 고백은 시인이 어쩌면 감추고 싶었던 자신의 깊숙한 내면과 아프게 대면하는 일이다. 그리고 이를 통해 시인은 "쓰러지는 것은 순합니다 기도를 하면 불행도 제법 부드러워집니다//무늬

없는 사람들이 즐비합니다/우리는 얼룩을 이해"하게 된다
(「비눗방울 유감」). 자신의 내면에서 만나는 방황하는 자아들
역시 '나'의 일부이며, 그것은 감추기보다는 함께 끌어안고
감으로써 조금 더 '나'에게 가까워지는 길이라는 것을 보여
준다.

죽거나 죽지 않거나

최지온 시인의 모색은 일관된 시선에도 불구하고 하나의
방향만을 향하고 있지 않은 것으로 보인다. 그것은 그 자신
조차도 이 세계 속의 어떤 하나의 지점에 고정되어 있지 않
다고 생각하고 있으며, 그로부터 발생한 삶의 불안과 고통
을 이해하려고 애쓰기 때문이다. 또한 시인은 그것을 좀 더
적극적으로 독립적 자아를 찾는 방법으로 활용하려는 모습
을 보인다.

　　죽을 듯이 살아 내는 사람들이 있어 그렇게 쌓인 얼굴이
　사구라고 믿었다
　　발아래 갇혀 있던 모래들이 바람처럼 쏟아질 때

　　달라지는 얼굴의 각도들

　　그 안에서 푸른 유리 조각처럼
　　제 울음을 삼키는

해란초와 해당화 통보리사초와 순비기나무를 보았다

뿌리가 깊어서

어떤 얼굴은 끝내 알 수 없고
아파 보이지 않으려는 마음에 대해

이곳에서라면 길을 잃어도 좋겠다 나는 조금씩 죽어 가
지만 이미 죽은 냄새를 맡으면서 죽어 가는 식물에 입을 맞
추는 게 사구라면

모래의 무게로 쌓인 얼굴은
누군가와 함께 아팠으면 하는 마음
—「사구의 발달」 부분

사구는 어떤 장애물에 의해 만들어진다. 그리고 모래
는 그 장애물의 뒤편으로 쌓여 사구를 만들어 낸다고 할
때 "죽을 듯이 살아 내는 사람들이 있어 그렇게 쌓인 얼굴
이 사구라고 믿"는 시인의 세계는 얼마나 따뜻하고 아픈가.
"달라지는 얼굴의 각도들"이 보이고, "그 안에서 푸른 유리
조각처럼/제 울음을 삼키는" 그런 존재들의 세계를 시인은
묵묵히 바라본다. 그리고 응원하고 지지하며 "함께 아팠으
면" 하는 것이다.
　시인의 고독한 산책에서 힘이 되는 것은 이러한 적극적

인 동질감의 확인에 있다. 혼자지만 혼자가 아니라는 것, 오늘 시인이 걷고 있는 풍경의 목록들이다. 더불어 시인은 동질감의 확인에 그치지 않고 그러한 존재들과의 강력한 연대를 통해 끝내는 이 혼자의 세계를 세계 속에서 지켜 내는 것, 독립된 세계를 구축하고자 한다. 비록 "비둘기와 유령들로부터 살찌는 법을 배"울지라도 "없는 노래가 없다는데 내 귀에는 없는 노래만 가득하고//비슷한 얼굴로 비둘기를 쫓는 유령처럼/노래에서 빠져나와 다시 노래 속에 빠진다" (「밤의 레코드점」). 그럼에도 극복하고 넘어서기 위해서는 그 대상에 대해 알아야 한다. 그것을 바탕으로 차이를 만들고 거리를 만들어 둘 사이의 '사이'를 만들어야 하기 때문이다.

최지온 시인의 세계 인식은 드러나는 싸움보다는 아픈 존재에 대한 이해와 동의로부터 시작하는 경우가 대부분이다. 그리고 그러한 동의와 이해를 통해 자기의 자리를 조금씩 마련하고 있다. 그러나 그에게 분명한 것은 하나도 없다. 모든 게 불안하고 허약하게 떠도는 것들일 뿐이다. "꼭 쥐고 있는 손은 단호한데/사과는 떨어지는 것에 익숙합니다/의문이 없습니다 사방을 보지 않습니다/세계는 기어코 익어 가는 사과의 손을 뿌리칩니다"처럼 여전히 그런 불안을 확인하는 일뿐이며, "죽음의 방향으로 조금씩 자"라고 있음을 다시 확인받을 뿐이다(「폭우가 지나간 자리에서」). 그리고 이러한 인식은 존재의 근원에 대한 불안에까지 이르게 한다. "지금 난 뭘 하고 있지//생각하면 아무것도 생각나지 않았다/그것이 세계라는 듯 돌이킬 수 없다"거나, "자꾸 버려지는 꿈을" 받아들여야 했다. 그럼에도 시인은 이를 통해 다른 세계를 꿈꾸는 동력으로 삼기를 멈추지 않는다. "자꾸 죽어 간다는 말을 들었다//그러다 보면 불쑥 자라 있었"음을 확인하게 되는 것이다.(「편두통」)

모른다는 것을 걷는 일, 달려가는 일

모르는 길을 걷는 일은 두렵기도 하지만 설레는 일일 수도 있다. 그 둘의 차이는 그 길을 걷는 자의 내면에서부터 비롯된다. 두려움 속에서도 길을 걷는 자는 그 스스로의 힘으로 걷는 자이다. 그리고 그것은 쓰러지거나 파괴되더라도 그것을 받아들일 자세가 되어 있다는 말이기도 하다. 즉, 두렵지만 그 두려움에 지배당하지 않는 것이다. 그래서 길의 끝까지 다다르게 되는 것이며, 그 길의 끝에서 비로소 자신만의 길을 만들어 낼 수 있는 희망을 꿈꾸는 것이다. 최지온 시인 역시 이런 과정을 통해 세계 속에서 자신의 보다 근원적인 비밀에 조금씩 다가간다. 그런 과정에서 견뎌내야 할 몫은 온전히 시인 자신의 것이다. 그러나 그 때문에 오히려 자유로울 수 있으며, 이를 통해 세계가 아니라 비로소 자신의 내면에 집 한 채를 지을 수 있게 되는 것이다. 세계와의 단절이 아니라 자신의 주체적 실존으로서 자신의 독립성을 확인하려는 것이다.

달처럼 전진하고 싶은 꿈이 있습니다

달도 힘겹게 넘어갈 듯한
산 밑에서
악어들이 나란히 잠을 잡니다

(중략)

악어는 언제라도 입을 벌릴 수 있고
달은 잡을 수 없는 곳에 있습니다

발바닥이 화끈거리고
자꾸 미끄러져
다시 뭐라도 짚고 일어서자

악어의 꼬리를 밟고 서서
보이지 않는 데까지 올라가려 합니다

달은 낮의 눈빛으로 악어를 재우고
나는 소리 없이 악어의 잠 속으로 들어갑니다

전력으로 잠들어야 할 게 꿈이라면
지금 나는 어떤 꿈 안에 들어와 있는 겁니까

우리가 오르려는 건 악어들의 시간
그곳에 눈뜬 나무들을 심으려 합니다

그 모든 걸 달은 꼼꼼히 지켜보지 않았겠습니까

　　　　　　　　　　　　　　　—「달과 악어」 부분

　주체적 자아는 꿈꾸는 일에 불과할 수도 있다. 그러나 그러한 꿈을 꾸면서 나아가는 과정 자체가 이미 주체적 자아의 모습이라 해야 하지 않을까 싶다. '나' 없이도 세계는 존재하고, '나'는 일방적인 약자에 불과할지도 모르는 이런 균형 앞에서 시인은 극한의 상황에 놓이거나, 끝내 자신을 놓아 버리거나 부정하기도 한다. 그럼에도 슬픔으로 무너지지 않는 것은 그가 꿈꾸는 본래의 자아를 향해 나아가기 때문이다. 그러나 무너지지 않음이 곧 자신의 존재를 설명하지는 않을 것이다. 이처럼 그의 '전진'은 내밀하면서도 극한의 긴장감을 주는 상태로 나아간다. 어차피 삶의 고통은 계속될 것이고, 그런 고통을 견딘다고 해서 갑자기 달라질 것도 없다. 따라서 어떤 끝은 과정에서만 존재하는 것이라는 역설도 가능해지는 것이다. 그래서 최지온 시인은 걷는다. 앞으로 나아간다. 혹은 나아가려 한다. 그것이 과정일 뿐이라고 해도 그렇다. "자꾸 미끄러져/다시 뭐라도 짚고 일어서자//악어의 꼬리를 밟고 서서/보이지 않는 데까지" 가고자 한다. "지금 나는 어떤 꿈 안에 들어와 있"든 그것이 지속되는 악몽일지라도 그렇다. 어차피 삶은 견디는 것이다. 그러나 견딤만으로는 주체적인 '나'를 만날 수 없음도 분명하다.

부정적인 삶과 세계에 대한 최지온 시인의 반응은 훨씬 더 은밀하고 조용하게 스스로를 다스려 나가는 데 있는 것으로 보인다. "이미 먼 곳에서 뛰어온 것 같다/그러면서 또 먼 곳으로" 뛰어야 하고(「폐타이어」), "그것은 화분 속에 일기를 숨겨 놓고/매일 매일 물을 주며/희미해져 가는 문장을 읽으려는 것과 같다"고 말하면서도(「누수」), "서로가 모르는 표정으로 나아갔다 묻거나 대답할 수 없는 것들이 많아졌다 너머에서 어떤 얼굴을 완성할지 궁금했다 무거운 손을 놓아야 한다는 걸 알았다"를 통해(「어쨌든, 너머」) 견딤과 견딤을 넘어 보다 근원의 자신에게로 향하는 걸음을 굳건하게 다지고 있기 때문이다.

시인에게 '시'는 시인이 쓰는 일기와도 같다. 시인이 세계 속에 존재하는 방식과 그 세계를 자신의 방법으로 건너가는 과정에 대한 기록이기 때문이다. 시인은 세계와 대면하고 반응하고 그 모든 긍정과 부정을 통해 '나는 누구인가'에 대해 끝없는 질문을 하는 자이기 때문이다. 이것은 최지온 시인의 시집에서도 분명하게 살펴볼 수 있었다. 특히 최지온 시인은 이 과정에서 자신의 내면을 향해 줄기차게 질문하고 회의하면서 누구보다 단단하게 그런 과정을 건너고 있음을 확인할 수 있었다. 또한 부정의 세계를 바라보는 방식에 있어서 동의와 거절, 슬픔과 따뜻함, 고립과 자유를 향한 마음 등이 은밀하고 침착하게 펼쳐지고 있다는 점에서 앞으로의 행보에 더 큰 믿음을 갖게 한다. 그러면서도 끊임없이 이동하고, 새로운 움직임을 보여 주고자 한다. 자신의 내면을 죄어 오는 부정의 세계를 무조건 부정하는 것으로써가 아니라 긍정하고 이해하되, 그것의 부조리함에 대하여 말하기를 통해 궁극적으로 세계에 의존하지 않는 '나'를 찾아가는 길 위에 서 있음을 분명히 하고 있다.